김연숙 文集

풋냄이의 딸

2015

신세림출판사

김연숙 文集

풋냄이의 딸

자서

나의 초라한 이 문집의 제목인 '퐂냄이'는 나를 낳아 길러주신 어머니의 아명(雅名)이다. 당시 손이 귀한 집안에 무남독녀였던 어머니는, 오래오래 사시라는 뜻에서 자손이 많은 가난한 집에 양녀로 보내지면서 그곳에서 얻은 이름이 '퐂냄이'였다 한다.

시골에 가면 동네 어르신들이 나를 볼 때마다 "아, 퐂냄이 딸이구나."라고 말들을 하시곤 했는데, 그 덕으로 나는 자연스럽게 '퐂냄이의 딸'이 되어버렸던 것이다.

우리 어머니, 퐂냄이 씨는 적어도 내 눈에는 열정과 꿈과 사랑 그 자체였다. 뿐만 아니라, 내가 아는 한 평생 「바람과 함께 사라지다」를 옆에 두고 사셨던 분이다. 아무리 힘들고 어렵더라도 아니, 절망 가운데에서도 그 「바람과 함께 사라지다」라는 책을 통해서 힘을 얻고 용기를 얻어 다시 일어서시곤 하셨으니까 말이다. 그래서 나도 종종 "엄마, 「바람과 함께 사라지다」로 박사학위 논문 한번 써보지 그래?"라고 농담할 정도였다.

그런 내 어머니는 가계부를 꼼꼼하게 정리하시고, 매일매일 쓰시는 일기장에 가끔 시를 남기신 멋쟁이셨는데 당신은 오로지 내게 한 가지 꿈이랄까 기대를 가지고 계셨었다. 그것이 뭐냐고요? 그것은 다름 아닌 '마가렛 미첼 여사처럼 한 권의 책을 써 보라'는 것이었다. 사실이지, 나는 반드시 그럴 거라며 철썩 같이 약속을 했었는데 나는 그 약속을 끝내 지켜드리지 못했다. 이 민망스러움과 이 부끄러움을 어이하랴.

그러나 나는 그런 어머니 덕분에 '그리움'이라는 큰 대들보를 가슴 깊이 박아놓은 채 살 수밖에 없었고, 삶의 파도에 떠밀리며 피할 수 없었던 갖가지 희로애락이란 번뇌를 가라앉히고 정화시키는 과정에서 더욱 살갑게 다가오는 어머니에 대한 그리움만 키워온 셈이 되고 말았다. 결국, 나는 세상사에 떠밀려가면서 어머니가 기대했던 훌륭한 작가가 되지는 못했지만 내게 꿈과 기대를 버리지 않으셨던 어머니에 대한 그리움을 먹고 살아온 셈이 되었다.

여기 있는 모든 글들은 내 어머니와 함께 '스칼렛 오하라'처럼 내 짝사랑의 그리움을 찾아 사랑이 사랑을 하는 과정에서 혼잣말처럼 중얼거렸던 것들이다. 세상에 내놓기에는 한량없이 부끄럽기 짝이 없는 것이지만 나의 첫사랑 풋냄이, 내 어머님께 삼가 이 책을 바친다.

엄마!
"내일은 내일의 태양이 뜰 거야"

2014. 11. 26.
토론토에서 당신의 딸 연숙이 씀

차 례

제2부

차 례

제3부

제4부

차 례

제6부 산문

1부

나의 글

뚝뚝 떨어지는 진정을 줍기 위해
나는 내 속의 나와 이야기한다.
여과지 한 장 없이 그냥 그대로 한 소쿠리 담아
낭랑하게 들려오는 강 피리에 엮어 놓으면
때론 민망하고 때론 당황하고
때론 감사하고 때론 부끄러워
옷고름 입에 물어도
순간의 청아함과 진솔함만 바라보며
모든 걸 외면한 채 그냥 보낸다.

보내는 마음
떠나는 네가 어찌 알까만
어디선가 바람 타고 전신줄에 앉아
부디 머나 먼 고향까지 묻혀 갈 수 있도록
기도하는 마음으로 떠나보낸다.

하여, 그리운 그네들이 짓는 눈웃음이
옹기점에서 떠오르는 연기처럼
다시 나에게로 돌아와
꿈이 되고 삶이 되어
명징한 겨울 햇살처럼 차갑게 빛날 때
웃으리라 환하게.

시 · 1

시가 무얼까?
혈관에서 자맥질하는 함성일까?
심연을 등지고 돌아앉아
긍정을 부정하는 놀이터일까?

시는 그냥,
시 속에 기생하는 모래알 같은 단어들로
빠져나올 수 없게 짜여진
최고의 음모, 음모일 뿐이네.

그리움이 시에서 태어나지 않고
가슴에서 알알이 번지듯
마냥, 우리는 108가지 심정으로
해롱해롱 속아 주고 속일 뿐이네.

시 · 2

꿈속에서 시를 썼네.
철썩이는 파도 되어 마음을 때렸네.
그래 이거야.
바로 이거야.
너무 좋아 외웠네.
달달 외웠네.

눈 비비며
하얀 종이 마주하기 전
날아가는 씨앗 따라
흔적 없이 달아나는 그대,
앞서 가는 그림자되어
한 발짝 때문에 다가설 수 없는 그대,
마음 끝에 대롱대롱 걸려 있는 등짐처럼
닿을 수 없는 구름되어
산꼭대기를 헤매는 그대,
때론 그리운 이 되어
하늘하늘 휘감기는 그대,
있는 듯 없는 듯 가려 있는 길섶에서
여울처럼 스며드는 그대,
찰나와 찰나가 만날 때
내 마음에 떨리는 꽃향기가 되네.

가을 · 1

가을은
낡은 책갈피 사이사이에서
한숨처럼 새어 나온다.

언제 묻어 두었는지 모르는
은행잎이 바스러지듯
깔깔한 바람으로 가을은 흩날린다.

마음 구석구석에 똘똘 말아놓았던
알싸한 그리움이 막막한 가을되어
내게로 다가오는 것인가.
네게로 다가가는 것인가.

가을 · 2

오고가는 바람결에 가을이 흘러오네.
떠도는 그리움이 뱃길 따라 흘러오네.

푸르른 나뭇잎도
퇴색한 숲 위에 한숨으로 엉기며

핏빛 멍울 터트리듯
이산 저 산 불태우리.

꽃보다 아름다운 색감들이
동네방네 잔치 열 때
분홍빛 구름 아래 너와 나의 만남.

가을은 그렇게
네가 되어 내가 되어
가슴으로 흘러오네.

그대 · 1

미처 보지 못한 창밖을
커피 한잔하자며
꽃 이파리처럼 훨훨 휘날리는
가슴 뭉클한 하얀 눈송이를 보여준
그대는 꿈이었을까.

꽃가루처럼 흩어져버린 줄 알았던
메마른 감정을 눈 맞추는 순간
육각형보다 더 곱게 모으고 있는
그대는 꿈이었을까.

눈빛 속에 짙푸른 녹음 담아
눈웃음처럼 화롯불 살살 지펴 주는
그대는 꿈이었을까.

때론, 마음을 쉬지 못하게 꿍꽝거리며
반딧불처럼 여기저기 거침없이 뛰노는
그대는 꿈이었을까.

뚝 떨어진 동백에 놀라
장승처럼 우뚝 선 그리움을
밤새워 그리워하는
그대는 정녕 꿈이었을까.

그대 · 2

빈 잔디 위에 아지랑이처럼 아롱지는
서늘함 사이로 햇볕 한 올 한 올이
싸아한 가슴을 적실 때
마음속에 꽁꽁 눌러 놓아도
숨 막혀 터져 나오는 한숨처럼
설레는 빛이 되어
황홀한 꿈이 되어
어여쁜 브로치 되어
나비인 양 폴폴 날아서
내 비단옷 위에 살포시 앉아
배시시 웃고 있네.
그래, 그대는 나의 고운 장식.
그대 있으므로
내 인생의 옷이 아름다워지네.

그대 · 3

허허로운 대숲의 텅 빈 울음 같은
전화선을 타고 오는 그리운 음성처럼
그대 마음에 와 닿을 때
초벌의 뎃생마냥
네 형체는 찾을 길 없고
진한 어둠속에서도 물러서지 않는
그대 허공에 머물 때
보기만 해도 서러운 한 점 비행기되어
구름 뒤에 숨어 버리는가.

빨강 동백꽃 노랑 꽃수술의 달콤함처럼
긴 여정의 향수되어
해질녘 텅 빈 들판에 홀로 서면
억장 무너지는 소리되어 가슴을 저미는데
미움이 사랑으로 승화될 때까지
아픔 조각 모아 발돋음하면
그대 행여 보이는가.

풀잎 같은 어깨 위에 불안한 쇼올처럼
정녕 그대는 살아생전 한 번도 효도 못한 채
할머니 무덤 앞에
뜬금없이 목 놓아 통곡하는
외로움인가.

안개

처음 가는 길에서 마주치는
익숙함과 설레임.
처음 보는 도자기에서 전해지는
애틋한 눈맞춤.
투박한 손 매듭에서 묻어나는
애끓는 안타까움.
또한 첫 만남에서 느껴지는
막역함.

이토록 신비가 가득한 삶에
신비한 방식으로 신비스런 변화를 꿈꾸며
종일토록 창문에서 서성이는 안개를 본다.

임의 모습

걷어 부친 팔소매에
차가움이 스며드는 저녁나절

서러움과 보고픔이 허공중에 흩어져
두들겨도 두들겨도
깨어지지 않는 꽝꽝한 돌맹이 되어
개천 길을 메웠는데

이명처럼 맴도는
아련한 기적만 남겨놓은 채

자갈밭에 철길 놓고 기차되어
홀연히 달려가는 임의 모습은
어드메서 환생하는가.

마스게임

삼베 모시 적삼 사이로
뜨거운 입김이 호흡하는 어느 날

두 손 가득 서늘함 받아
울 사이사이에 끼워 놓았는데
나 몰라라 허사로이 흩어져버리고

뜨거운 마디마디 이름표를 달고서
공설 운동장을 가득 메운 그리움을
어찌 해도 소용없네.

나란히 나란히 세워 둬야지

움직이면 더욱 더
혼란 속에 뿌연 먼지만 일 뿐

차라리
마스게임 하라고 물러서야지.

2부

내 마음

살짝살짝 창문을 기웃거리던 눈이
바람에 날려가고 있다.

맑고 여릿한 회색빛은
하늘과 호수 사이에 길게 누워 있는데
세월을 이겨내지 못한 들뜬 마음은
먹구름이 허공에서 춤추듯
시간과 시간을 저 혼자 오고 간다.

그 사이 함박눈되어
살갑게 다가서는 너를 보며
울컥 치미는 그리움에 방방 떠서 까무러치듯
저 먼 곳으로 달려가는 마음, 내 마음.

첫사랑 꽃순이

애달픈 신산한 삶이
내려놓은 무심한 빈터에서
불투명 다수의 외로움을 댕기삼아
한 올 한 올 땋아보아도
그냥, '첫사랑 꽃순이'가 보고만 싶네.

끝없이 달리는 기차 바퀴처럼
이야기가 쉬지 않고
칙칙 폭폭 떠올라도
그냥, '첫사랑 꽃순이'만 보고 싶네.

너와 나 · 1

다가서기도 전에
마음부터 콩당거리는 나에게
손끝 떨림으로 너를 말하는 너.
휘몰아치는 나뭇잎을
소슬대는 바람이라고 말해주는 너.
속에서만 일렁이는 참말을
뱉어내지 못하고
먼 산 바라보듯 시선 너머에서
서성이게 하는 너.
차마 마주보며 웃을 수 없어
자꾸만 옆으로 돌아서는 여러움을
"왜? 옆모습이 더 예뻐요?"
무심히 던지는 한 마디도
그냥 허허로운 가슴에 묻어버린 나.

너와 나 · 2

동그마니 둘러앉아
이러면 저렇다 하고 저러면 이렇다 하며
우스꽝스러운 춤을 추는 너와 나.

내가 너를 찬찬히 보고
네가 나를 찬찬히 봐도
한길 마음 떠오르지 않네.

치마폭 가득 소슬바람 담아
그대 계신 뜰 안에 풀어놓아도
꽃망울 톡톡 터트리는 봄볕이 샘가에서 너울대니
아지랑이 되어버린 당신 마음 떠오르지 않네.

한숨 사이사이 새어 나온
그리움이 정열의 춤을 추듯
회오리바람되어
멍석말이하여도 겹겹이 쌓여 있는
그리운 그 모습 찾아 맨발로 나서는
어지러운 내 마음도 떠오르지 않네.

너와 나 · 3

나는 허허벌판에
무시로 불어대는 바람
바람이어라.

너는 흔들리며
외롭게 울어대는 나무숲
텅 빈 나뭇가지이어라.

꿈바다

마주볼 수 없는 여러움
외로 꼬고 앉아있는 속마음이
한 여름밤 장대비에 씻기듯
청량한 그리움이 줄기줄기 획처럼 지나갈 때면
서러운 뜸부기 그림자
허망한 눈길 둘 곳 없네.

만화 같은 여인네의 수정 같은 마음속에
꽃처럼 자리 잡은 꿈 정해진 시야에서도
현란한 설치예술 펼쳐
시공을 초월하는 꿈바다를 이루었네.

보고픔이 파도 되어 밀려오고 밀려가니
부서지는 물방울이 파란 풀잎사귀마다
그리움으로 멍울져 가슴속에 철렁철렁
너와 나를 넘나드네.

Super Moon

"엄마, 제일 큰 달이래.
소원 빌어."

"그래,
참 맑고 밝은 달이네."

너무 맑아
너무 밝아
차마 미안해서 바라만 보았네.

Zorba the Greek

어떤 떨림이기에
주먹 쥔 손을 차마 펴지도 못하고
안아 보는가.

어떤 기다림이기에
타들어 간 가슴 조인 그리움을
통곡으로 맞이하는가.

어떤 회한이기에
인생에 한번밖에 출 수 없는 광기어린
춤을 추는가.

실패뿐인 인생에 무능력한 자아를 위해
떨림과 기다림과 회한을 걷어 부친
팔소매에 허탕한 웃음 매달아
춤 속에서 춤을 추는 그대여.
춤 속에서 춤을 추는 그대여.

밤은 나를 불러 세운다

밤은 나를 불러 세운다,
보이지 않는 곳에서.

가만히 들여다보면
훤히 보이는 곳에서
밤은 나를 불러 세운다.

대답 대신 지나가던 바람에게 촉을 세우니
가벼운 떨림에도 소름이 돋는다.

밤은 나를 불러 세운다.
풀 수 없는 방정식도
다빈치되어 허수의 개념으로 풀어 본다.

밤은 또 나를 불러 세운다.
비단옷 입고 밤길 걷는 여인이 되어
까만 비로드 길을 맨발로 사르르 걸어 보니
저 멀리 그리움이 활짝 반긴다.

그림자도 없는 밤은
또, 나를 불러 세운다.

풀밭에 누워 있노라면

풀밭에 누워 있노라면
풀잎들의 속삭임에선
살랑대는 나비깃 소리가
꽃길 위에 수놓은 들꽃에선
홍건히 고여 있는 설렘의 노랫소리가
목화 꽃송이처럼 몽실몽실 하얀 구름에선
파랑물이 뚝뚝 떨어지는 청아한 물소리가
밤새워 보초서는 파도소리 뒤로하고
쓸쓸한 강물 따라 외로운 종이배에 실려온다.

풀밭에 누워 있노라면
감은 눈 사이로 묻혀 있던
젊은 날의 갈바람 소리가 들려온다.
풀밭에 누워 있노라면
진주 목걸이처럼 줄줄이 엮어 놓았던 지난 날들이
봄볕인 양 향긋하게 뜨거운 입맞춤한다.
풀밭에 누워 있노라면
속살 같은 이슬을 방울방울 녹여가며
꽃향기 폴폴 나는 나른한 사랑에 빠진다.

눈빛

유리창에 송알송알 달려 있는 빗방울
눈 깜짝할 사이 흘러내릴 빗방울도
순간을 유지하기 위해 매달리는 모습이
이생을 마감하는 마지막 눈빛처럼 반짝거린다.

옆집 "에바" 할머니도
그렇게 초롱초롱한 눈빛으로 갔다.
이 밤도 이생을 떠나는 초롱한 눈빛들이
한데 어울려 작은 별 무리를 이루고 있다.

너의 떠남도
나의 남음도
언젠간
나의 떠남으로
너의 남음으로
세상은 돌고
찬송은 늘고
새싹은 피어나리라.

어머니

감동이 있어야 뭔가가 써진다면
물줄기 빼내 두루마리 삼아도 다 못 쓰겠네.
두근거림과 함께 아쉬움으로 떠나보낸
시간의 뒷모습

"내 살아온 이야기 몇 날 며칠 밤이 모자란다."

쓸쓸한 가을바람처럼 흩어지던 한숨이
머무는 바람되어
애달픈 백발되어 살포시 내려앉네.

그 모습 내 모습
김발 위에 마음 자락 활짝 펴 놓고
빨·주·노·초·파·남·보 말아 놓으면
타들어간 까만 마음만 뭉친 듯해도
주님의 손길로 곱게 곱게 썰어 놓으니
평면으로 바라본 어머니는
색동옷 입으셨네.
연지 곤지 찍는 모습 예쁘기도 하여라.

영육 간에 양식은 무지개색이네.
부르지 않아도 내 곁에 머무는 달빛처럼
그리움이란 단어에 눈물이 삐쭉 나오는 건

빨강 심장이 살아 있음이네.
어머니의 심장이 뛰고 있음이네.

여인이 울고 있네

멀리서 들려올 듯한
옷깃의 스침에도
가슴은 두근거리는데

가꾸지 않아도
자꾸만 피어나는 풀꽃에도
정들은 속닥거리는데

휘~ 둘러본
쓸쓸한 공원의 길목에도
그리던 임이 없어서

대칭을 이루며 살아가는
너와 나의 삶에도
흑 백의 선이 없어서

열두 폭 치마폭에
푸르른 달빛 안고
고운 꽃태 맑은 향 가득 담은
여인이 울고 있네.

짜투리 색동옷감
차곡차곡 쌓아두었던

종이상자가 그리워, 그리워서
여인이 울고 있네.

일출

콩당콩당 뛰는 경이로움과 함께
가슴 부푼 한 해를 열기 위해
커튼을 젖히니,

보이지 않는 실비가 내리듯
달빛이 흩어지며
호수 위에 자잘하게 반짝인다.

수평선 사이로 수채화처럼
불그스름하게 여릿한 선을 그으며
떠오르는 태양이
나에게 무지개 날개를 달아준다.

끝없이 넓은 푸르른 초원에서
살랑살랑 흔들리는 바람 사이로
풀꽃의 그림자가 더 살랑거리는
뭉개구름 같은 보드라움과
설레이는 아련함이
아스라이 멀어질 때까지
벽화되어 그 자리 그대로 서 있노라면
어느새, 독수리 가족이 날갯짓 하나하나에
온갖 꿈을 안고 힘차게 날아간다.

그리움이 살아난다.
가슴이 뛰노는 희망이 떠오른다.

마음

"아빠, 마음이 뭔가요?
그냥 충동 시스템인가요?
아니면 뭔가 만져지는 건가요?"

바트 심슨이 아버지 호머 심슨에게 물어본다.

나도 물어본다. 누구에게라도.
마음이란 정말 뭔가요?

아득히 먼 미시적 세계에 있는
깊은 동굴 속에서 시도 때도 없이
솟구치는 빛의 방울인가요.

한여름 수상스키 자국처럼
떠올랐다 사라지는 하얀 물길인가요?

나서는 마음,
당기는 마음,
지워버리고 싶은 마음, 마음들.

비가 오면 비를 맞으며
튕겨오는 낭만과 함께
나를 찾아 나서는 그리움인가요?

풍월

주워들은 풍월을
시렁 끝에 매달아 놓고
"그러리라"
"그러리라"
닭싸움하듯 꼭꼭 찍어 보건만

부는 바람 따라
맥없이 흩어지는
"그러리라"는
이미 나를 떠나
창밖의 그림처럼 아득하기만 하고
외로움만 소나기되어 쏟아지네.

이럴 땐,
서산에 해 넘어가듯
내 마음에 풍경 달아
넘겨 보내자
풍경소리 스러질 때
또 다른 풍월을 줍기 위해.

추운 날의 호수

호수 속엔 불덩이가 들어있다
영하 28도라는데 끓는 물처럼
움직이는 물결위에 수증기가 들떠있다

아득히 보이는 수평선 위엔
추위 때문에 옴짝달싹 못 하는 구름들이
제각각 다른 형태로 뭉쳐있다.

호숫가엔 하얀 얼음덩이가 동동거리며
놀이를 즐기고 있다.

손에 쩍쩍 달라붙는 알루미늄 샷시처럼
내 마음이 그 곳으로 달려간다.

아름다움이 수증기 타고 동동거리며
하늘 끝에 매달린다.

뒷모습

일광욕을 하겠다고 수건 한 장 들고 방문을 나서는
구부정한 뒷모습에 하얀 귀밑머리처럼
슬픈 정이 듬뿍 묻어있네.

저 멀리 걸려 있는 달처럼
지난 날 피었던 해당화가 갯벌 내음 안고
포근한 안개 속에 향긋이 묻어 있네.

마음만 남겨 놓고 흘러가는 세월이란
밤을 타고 흐르는 강물처럼
소리보다 더 사무치는 그리움이 묻어 있네.

그냥

그냥, 밤이 깊었네.
오늘의 흔적도 까맣게 떠오르지 않네.

차가운 손 녹여가며
종일토록 찬바람 꿰매었건만
나를 떠난 하루는 나를 버렸네.
나를 버렸네.

그냥, 발만 동동거리네
몽땅 잃어버린 하루하루를 잡으려
두 방망이 손에 쥐고 내 속을 휘저어 보건만
마음만 곤두박질치네.
마음만 곤두박질치네.

그냥, 깊은 곳에서 파도치듯 철썩거리며
왔다갔다 갔다왔다 두근거림만 깊어지네.
두근거림만 깊어지네.

그냥, 그냥, 그냥, 소리가 아닌 눈물로
기도할 수 있다면
오늘도, 내일도, 지금도,
감사함만 가득 가득 채울 수 있을 텐데.
채울 수 있을 텐데.

시인의 월계관 쓰고

놀이 짙자 시인의 월계관을 쓰고 가슴을 치며 감정의 조각들이 추는 춤에 얼씨구 덩달아 복사꽃 터지는 소리처럼 아리아리한 사랑을 커다란 광주리에 담아 두 팔 벌려 얼리듯이 가슴에 안아도 보고, 꽃잎 쥐어짜듯 뚝뚝 떨어지는 동백기름되어 네 머리 위에 향기로 내려 앉아 지난 날 열매 맺기 위해 나를 버린 아픔이 너를 향한 나의 꿈이었다고 속삭여도 보자.

Knock. Knock.

한 마리 비둘기되어 촛불 켜진 방을 두드리며 바람이 쓰다듬고 가버린 사랑 이야기에 귀 기울이고, 이울고 쓰러짐이 만물의 이치임을 알고 고운 모습 보듯이 지는 모습도 곱게 호호 불어 주는 다정한 입김이 되어도 보자.

아, 목소리라도 보고 싶다고 말하는 산들바람 되고 싶어라. 시인의 월계관을 쓰고.

바람

윙~ 윙
잎사귀 마다
바람이 내려 앉아

윙~ 윙
가슴을
거꾸로 매달아 놓아
꽃잎 떨어지듯
추억을 떨어뜨리네.

윙~ 윙
너를 들으며
나를 버리며

윙~ 윙
목을 놓고 노래하는
아름다운 향수가
꿍꽝 거리며
나의 조그만 혈관 속을 헤매이네.

윙~ 윙
노란 민들레가
꿈처럼 펼쳐있는 들판을

윙~ 윙
얇은치마
펄럭이며
철쭉빛 눈망울로
커커히 사랑담아

윙~~ 윙
마음이 에이는, 마음이 들뜨는
흥건한 그리움에 젖네.

고 한 준위님을 위한 노래

내가 나를 데웠던 뜨거운 마음도
시간이 부챗살되어
조금씩 조금씩 식혀주건만

태고적부터
임의 마음속에 활활 타던 그리움은
오늘도 흰 구름 피어오르는 산등성이에
태극기 이불삼아 곱게도 화장하고
자는 듯 마는 듯 누워
천하를 다 가져도 다스리지 못하는
우리들의 마음속에 혼자서 군림하네.

옳지, 내 오늘은 기어코 보내 드리리라.
까만 망사 모자 쓰고
물살 속에 숨어 있는 징검다리 찾아
맨발로 들어선 인당수 속엔
알몸으로 드러누운 그리움이
아름다운 임의 모습 그대로 안고
환한 달님되어 퐁당 숨어있네.
그리워 서러워 울먹이는
흰 당나귀 되어있네.

우리의

가슴 한 쪽에 울렁이는
그리움만 남겨놓고
건너 갈 배가 없어
다시 우리의 가슴으로 파고드는
임의 숭고한 그리움이여!

"우리도 싸랑해, 많이."

아침햇살

다림질하는
할머니의 입 속에서
퍼져나온 물보라처럼

아침 햇살 한 움큼
확 뿌려 놓으면

마음속에
묻혀 있던 어둠도
미아처럼 떠도는 자존감도
울며 불며 시샘하는 잡념도
시간 속에 떠밀려 가는 고달픔도
하--우스운 도토리 키 재는 허당함도
어설픈 소설속의 주인공되어
알 수 없는 두근거림에
혈관마저 자맥질하는 어리석음도
한 마리 파랑새되어
녹두꽃 한 아름 가슴에 안고
청포장수 달래 가며
뭉클하게 살아가겠지.

아침햇살 한 웅큼 걸머쥐고서
말강 물 똑뚝 떨어뜨리며

저 만치 걸어오는 그리움이
쓸어도 쓸어도 지워지지 않는 그림자되어
들려오는 임의 소리 함께 하겠지.

3부

이별

빈 무덤 지켜보는 아픈 마음엔
눈물방울보다 더한 한숨이 흘러내리고
자꾸만 뒤돌아보는 아쉬운 눈매엔
미어지는 가슴 한 조각이 방울방울 맺히네.

가도 서럽고 와도 서러운
시간 시간을 꿈처럼 바람처럼
마음에 수놓은 문양 따라 흘려보내리.

떠오르지 않는 먹먹함의 여운이
아카시아 향되어 차창 안에 스며들 때
창문 활짝 열어 깊은 숨 마시듯 마셔버리리.

차곡차곡 쌓여 있던 감동이 알싸한 연기되어
떨림으로 휘감아도 눈물 콧물 함께 여울지는
그리움으로 남겨 두리라.

이별연습

지금쯤 저 동구 밖에 서성이는
해맑은 내 목소리가 나를 찾아올 수 있도록
이젠 훨훨 날려 보내자.

나에게 네 모습이 있고
너에게 내 모습이 있기에
내가 너를 보며
네가 나를 보며
애잖은 그리움으로 녹여버리자.

영롱하게 흩어지는 무지개 따라
가장 젊고,
가장 아름다운 모습으로
너를,
나를,
떠나기 위해.

속삭임

잎에서 조근조근 속삭이는 소리는,
귀만 열어 놓은 게 아니고
눈까풀을 맑은 물로 씻겨 주네.

잎에서 조근조근 속삭이는 소리는,
가슴에 흐르는 강 깊이만큼 시가 되어
두근거리는 배를 타고 노 저어오네.

잎에서 조근조근 속삭이는 소리는,
파도에게 절규하는 '청마' 되어
"날 어쩌란 말이냐" 한들
대답 대신 물방울만 떨어뜨리네.

잎에서 조근조근 속삭이는 소리는,
내 손 끝에도 닿지 않는 나의 모습을
그윽한 촛불에 녹여 그리움으로 만드네.

말씀

봄빛도 발을 멈추며
상긋하게 웃는 오후

말씀이 눈부시게
햇빛되어 쏟아지니

심란한 마음
뽀얗게 까무러치고
맑은 강심에는
파란 풀이 솟아나네.

대청에서 하릴없이
빈둥거리던 빈 시간은
말씀에 황망히 쫓겨가고
내 곁을 못 잊어
떠나지 못 했던 상념들도
마른 나뭇잎되어
바스락 거리며 흩어지네.

이제는
꽃구름 동동거리며
피어나는 봄빛에
가는 사람

오색무지개 날개 달아 보내 드리고
남은 사람
찬란한 봄빛에 다독거려
꽃향기 골고루 정성껏 싸 들고
우리 모두 손잡고
소풍이나 가 보자.
말씀이 샘솟는
봄빛을 따라.

그리움의 종점

참는다는 건
분노를 차곡차곡 쌓아가는 일
어느 순간 터지면 막았던
수로를 열어 놓는 일

용서라는 건
자기를 기만하는 일
밤새워 바벨탑을 쌓는 일

사랑이라는 건
내가 나를 눈 흘기며 바라보는 일

꿈이라는 건
이 세상 엉뚱한 것 다 모아
솜사탕을 만들고 그 달콤함마저
쑥대밭에 던져놓는 일

그리움이라는 건
발가벗겨 헤어져 넝마가 된 것도
꿰매고 어루만져 한 송이 꽃을 피우는 일

그리움에 그리움을 더하면
너와 내가 꽃과 나비되는 일.

그것의 종점은
사랑 · 용서 · 참음 · 꿈 등이 승화되는 일.

꽃새

슬픔도 한 편의 시가 되어
마음 한켠에 동그마니 놓여있다.

잃고 얻음이 아닌,
섭섭함보다는 더 큰 슬픔이
빼꼼히 나와 눈 마주치려 한다.

이럴 땐, 퇴적된 슬픔마저도
바람 따라 살랑살랑 꽃새처럼 흘려보내고 싶다.

가다 보면, 그 자리 그대로 서 있는 나뭇가지 위에서
빨. 주. 노. 초. 파. 남. 보 무지개로 떠있다.

할 수만 있다면,
민들레 같은 노란 세월을 아픔으로 보내야 하는
우리 엄마에게 삭이는 슬픔의 한 조각이고 싶다.

때론 시가 되고 꽃새되어.

미칠 수 있는 행복

저길 봐.
유두화가 흐드러지게 피었네.
아침에 들어오는 햇살도 틀리잖아
벽에 너울거리는 모양이
나를 들뜨게 하네.

대지를 온통 하얗게 부서 놓은
달빛은 어떻고
타는 황혼 나뭇잎 하나
풀잎 하나하나가
제 각기 다른 모양으로
나를 미치게 하네.

이렇듯 미칠 수 있으니까
지금까지 죽지 않고 살 수 있었을까?
이, 미침이 내 생명의 원동력이었나?

파란 강물을 바라보며

파랑색이 방울방울 부서지며
파르르 떠는 강물을 바라보면
마음을 쉬지 못합니다.

내가 사랑하는 모든 것들과
나를 사랑하는 모든 이들이
그리움으로 한데 어울려

꽃잎되어 파랑되어 은하수와 함께할 때
새 생명의 눈빛처럼
우리들의 사랑은 그때가 절정입니다.

꽃 속에 꽃이 있고
책 속에 책이 있듯이
기도 속에 기도가 있기에
으스러지도록 안아보고 싶은
내 귀여운 부드러움도
어깨쭉지가 무너지게 아파도
내려놓지 못 하는 내 향그러운 사랑도
파랑색이 방울방울 부서지며 파르르 떠는
강물 속에 나와 함께 있습니다.

나 하나의 사랑

평생을 목말라 하는 그 애끓는 사랑
순간 순간 확인하고 싶어하는 그 수상한 사랑
항상 기대에 어긋나는 그 서러운 사랑
당신을 힘들게 하는 그 무거운 사랑
혼자서 울고 웃는 그 미친 사랑
혼자서는 할 수 없는 그 외로운 사랑
꿈속에서 꿈을 꾸는 그 달콤한 사랑
잡을 수 없어 발만 동동거리는 그 설레이는 사랑
그 마음에 내 마음을 함께하는 그 그윽한 사랑
하늘과 구름과 바람이 있는 한
변함없이 노래하는 그 정겨운 사랑
바로 옆에서 당신의 남자가
숨어서 고백하는 그 미안한 사랑

나 하나의 사랑은?

술래잡기

잠이 나와 술래잡기를 하느라
자는 것도 아닌 잠에서 깨어나
차라리 빽빽이 쌓여있는 빈 공간을
한 점 한 점 찍어갈 때,
창 건너 보이는 고속도로에는
빨간 점들만 외롭게 굴러가고
우뚝 선 빌딩들은 시샘이라도 하는 양
울긋불긋 밤을 밝히며 유혹하건만
지금 이 시간 텅 빈 빌딩 속엔
새겨진 발자국 소리만 공허하게 메아리치네.

아려오는 가슴속에 회한 한 조각씩 목에 걸고서
이리저리 헤매는 나뭇잎처럼
어둑하도록 방황하는 그네들은
지금쯤 맑은 물에 한 시름 담궈 놓고
단잠을 잘까, 술래잡기할까?

여인아

귓볼이 해맑은 여인아,
햇살에 뚫려 연분홍빛을 발하는 실핏줄을
손가락 사이로 흘려보내며
눈물을 다독거리는 여인아,
미어지는 설레임을 담아 둘 막사발 찾아
국화잎 새겨진 창호지 같은 귓볼을 만지작거리며
별빛 안은 물속을 하염없이 헤매는 여인아,
귓볼이 아름다운 여인아,

빛살

호수 위에 빛살이
소나기처럼 쏟아진다.

신작로 위에 물방울을 튕기듯
팡팡 뛰어오르는 눈부신 소나기

물고기 비늘처럼 반짝이는 수면위로
맥박의 환희가 실핏줄 따라
번갯불에 감전되듯
마디마디 소리되어 춤을 춘다.

하늘에선 빗질해 놓은
구름 사이로 알알이 비추는
빛살이 갈비뼈를 지나
방울방울 무지개되어
보일 듯하지만 보이지 않는
머나먼 길을 떠난다.

그리움의 빛

꽃 뒤에 꽃이 숨었네.
내 마음 뒤에도 내가 숨어 있네.

여린 잎 터트리며 산하를 가득 메운 나무들도
저마다 뒤로 나무를 숨겨 두었네.

솜사탕 같은 행복

창문을 열어 손을 내밀어
공기를 만진다.

향기롭게 스며드는 바람에
살며시 눈 감으니

그리움이 뭉게뭉게 피어나는 구름처럼
간지러움으로 나를 전율케 한다.

솜사탕의 보푸라기 같은 보드라움을
눈으로 먹으며 입맛을 다실 때

우리의 행복이
웃음꽃으로 피어난다.

열망

뭉게구름처럼 몽실몽실 피어나
포근한 원앙금침되어서
꽁꽁 얼어붙은 이 몸을 녹이고
이 마음까지 녹여 줄 수 있다면

용광로처럼 빨갛게 달구어진
몸으로 한 세상을 살다가
꽃구름되어 허공중에 내걸릴 텐데

단풍을 바라보며

구름과 구름이 정답게 노는 날.
낭랑한 목소리의 한 소절이
샛노란 은행잎에 누어서
불사의 사랑으로
나를 보듬어 안네.

가을편지

누구라도 그러하듯이,
우리 모두 함께 하면
눈인사로 짜여진 양탄자의 한 올되어
산허리를 휘감으며
깜박이는 눈동자 위를 부유한다.

누구라도 그러하듯이,
쓸쓸함이 도화지 위에
한켜 한켜 덧칠해 가는 계절
유리창 가득 담겨있는 풍경화처럼
바람의 틈새도 없이 한 가슴 너를 안는다.

누구라도 그러하듯이,
설레이는 묵향에 난을 치듯
달도 따고 별도 따서
천당인지 지옥인지 모르는 외마디에 담아
가을편지 쓴다.

누구라도 그러하듯이,
강가에 홀로 누운 조각배 되어
이태백과 한 잔 술로 주거니 받거니
가는 세월 내 입김에 날려보낸 양
대답 없는 강하늘에
호기 어린 눈물방울만 띄워 보내네.

그리움

흰 눈이 하나 둘 쏙쏙 빠지는
잿빛 하늘을 바라보며 심란하게 앉아 있다.

할 일 없어 땅을 바라보니
까만 아스팔트 위에 선명히 드러난 차바퀴자국.

아, 이 양반이 언제 오시나?

멀리서 들려오는 찻소리에 귀 기울이며
떠난 자릴 지키고 서있다.

사랑의 불길

대지의 모든 것들이 불탄다.
호수가 타고 나도 탄다.
황혼이 타고 어두운 밤조차 활활 타오른다.
떠오르는 눈동자가 탄다.
꿈과 환희가 탄다.
사랑하고 사랑해도 모자라서
이글거리는 가슴 속의 불길.

비 내리는 날

창밖에는 여전히 비가 내린다.
내 사랑에게도,
자그만 내 어깨 위에도
비가 내린다.

신작로 위에서 날춤 추는 빗소리
덩달아 뒹구는 차바퀴 소리, 소리, 소리….
내 몸도 하나의 소리가 된다.

너는 항상 나의 깊은 곳에 머물며
털끝만큼의 방황도 용서치 않는다.

꿈속의 한 손길

천근만근 같은 무게로 빠져드는 늪 속에서
허우적거릴 때 잡아주던 한 손길이 있었지.
그 손길에 이끌려 나는 깃털처럼 가볍게
빠져 나왔던 감격에 젖어 눈을 떴을 땐 꿈이었네.

한동안 두근거리는 가슴으로
무릎 꿇고 두 손 모아 기도했네.

어느 날부터 나는 간절한 마음으로 기도한다네.
나도 늪에 빠진 누군가의 한 손길이 되어주기를.
간절한 마음으로 소원하고 기원한다네.

4부

애증

강산도 몇 번씩 허물을 벗는 동안
달빛 따라 별빛 따라
하늬바람 숨결 따라
잎이 피고 줄기 자라
꽃도 피고 열매 맺어
예쁜 씨앗 거두어
커다란 토란잎에 보쌈하려니
지가 무슨 물방울인 양
또르르 또르르 떨어져
뾰쪽뾰쪽 사금파리 꽃되어
심장 한 귀퉁이에 파란 날을 세우네.

이도 저도 아픔인 그리움이여!
너와 내가 어깨동무하면서
햇빛에 반짝이면 반짝이는 대로 빛나고
바람 불면 바람 부는 대로 아프고
비 오면 비 오는 대로 그립고
아, 눈도 내리네.
가지마다 하얗게 눈꽃 피는 날
너와 내가 뭉쳐서 눈사람이나 돼볼까.

환청

연숙아,
너는 내가 주는 위로와 사랑이 부족하단 말이냐.
어째서 또 육적인 위로가 아직도 필요하냐?
언제쯤 나의 말에 온전히 귀 기울일 수 있을까?

나를 사랑하여라.
나만 바라보아라.
내가 너의 모든 것이다.

너, 보았지?
내가 직접 너의 육안으로 보여주지 않느냐?
호수와 하늘의 경계선이 있더냐?

삶과 죽음이란 너희들이 갈라놓은
너희 육안의 눈에 보이는 선일 뿐.
저렇게 경계가 없단다.
그렇듯 또한 미움과 사랑도 마찬가지다.
어떤 게 사랑이고, 어떤 게 미움이냐.

너희 마음에 일어나는
너희 스스로가 만들어 놓은 선일 뿐
미움도 사랑도 다 한마음이다.

경계를 긋지 마라.
나를 바로 보고 나를 따르면
그 어떤 경계선도 없단다.

나목

벌거벗은 그대
부끄러워, 참으로 부끄러워
하얗게, 새 하얗게 소복단장하고
겨우 내내 수줍어, 참으로 수줍어
꽁꽁 얼었던 가슴
새색시 첫날밤 그러하듯
한 꺼풀 한 꺼풀 벗던 모습이
하늘과 땅 사이에
빨갛게 달아오를 때
그대는 파란 꽃잎을 피우기 위한
마지막 불꽃인가.

임 그리며

양잿물 팔팔 끓는
가마솥에 미움의 조각들을 모조리 쓸어 넣어
눈부신 광목 만들어 자갈밭에 널어놓으면
행여, 내 님은 길을 잃지 않고
하얀 광목 길 따라 찾아오실까.

예쁜 돌 깔고 앉아
졸졸졸 흐르는 시냇물 소리에 장단 맞춰
계란 같은 발뒤꿈치로
물장구치면서 세어볼거나.
걸어오시는 임의 발자국 소리.

당신의 눈빛

오늘 저녁
금빛 회색빛 오렌지빛 보랏빛
노란빛 분홍빛이 한데 어우러진
황홀한 저녁노을 속에서
또 하나의 빛깔이 있었는데
그것은, 그것은 당신의 눈빛.

머리가 어지러운지
생각이 어지러운지
마음이 빙빙 도는 것인지
눈을 감아도 눈을 떠보아도
자꾸만 맴도는
그것은, 그것은 당신의 눈빛.

차라리 미워하자

미워하자 화끈하게
속상하자 솔직하게
억울해서 미치고 속상해서 욕하고
억울하고 속상한 건 모두 다 내 몫인 양
할 수 있는 데까지 해보자.

잠도 자지 말고 밥도 먹지 말고
웃지도 말고 그러다 그 다음엔 후회하자.
가슴을 후벼 파며 하는 후회가
속상함보다 더 나를 질식케 할지라도.

깊은 나락에서 고개를 들 때
거친 숨이 고른 숨으로 넘어갈 때
밀려오는 감사 감사에
등 떠밀려 회개와 함께 깨어날지라도.

보름달

잠자리 날개같이 살랑대는 속삭임에
진달래가 화답하는 봄.

수양버들 흔들어대는 꽃바람 속에
노랑 저고리 빨강치마 입은 봄.

아, 동백꽃 같은 그대
그리운 건 봄이 아니라 그대라네.

그리운 너

너는
반달처럼 솟아오른
하얀 버선코를 닮아버린
승무의 처연함.

너는
억겁의 하늘을
하루도 거르지 않고
숨었다 다시 피어나는
태초의 외로움.

너는
다정다정 떡방아 찧어가며
크고 찬란한 네 모습을 환하게 밝히면서
우리에게 속삭이는
부자 방망이.

나의 사랑 · 1

가장 아름다운 시절에
나는 그대를 만났네.

그대 있음에 나는 꽃이 되었고
그대 있음에 나는 찬란한 사랑이 되었네.

내 생에 가장 젊은 오늘
나는 그대와 더불어 사랑을 노래하고 싶다.

못 다한 나의 사랑을
나의 고운 눈빛과 몸짓으로 전하고 싶네.

나의 사랑 · 2

세 아름도 더 되는 나무들은
검은 망토로 갈아입고 줄지어 서서
나의 슬픈 이야기에 귀를 기울이네.

사금파리처럼 박혀있는
나의 슬픈 이야기가 손수건을 요구할 때에

한 줄기 빛처럼,
까장까장한 하얀 이불 홑청 같은
그리운 이가 그림자보다 더 길게 다가서네.

빛바랜 연서

세차게
비가 온다.

가슴으로 너를 안았듯
가슴으로 너를 부른다.

울고 싶다.
아니, 울고 있는데 봐 주는 이가 없다.

미치도록 아름다운 그리움만이 울면서
바람소리에 귀를 기울인다.

내 그리움이
네 몸속으로 완전히 스며들 때에나
나의 울음도 그치리라.

매화마을

차 꽁무니에서 쏟아지는
꽃잎 같은 빨간 불빛들을 하염없이 바라보노라니
문득, 누군가에게 말 아닌 다른 방법으로
내 느낌 한 조각 전달하고 싶어지네.

나도 길이 끝이 나는 곳에서
누군가의 길이 되어주고 싶은데
이러지도, 저러지도 못하는 지금,
차라리 매화마을로 도망가 버리고 싶네.

그리움 · 1

나의 창문을 밟으며
소리 없이 지나가는 하현달이
내 눈높이에 걸려드는 순간.
눈 속에 웃음꽃 가득 담아
부끄러운 시선으로 살짝 올려다봅니다.
저 달이 그대인 양.

그리움 · 2

수줍은 듯 발그레한 동안(童顔)으로
꿈속에 날 찾아오셨던 당신이여,
'식사를 하셨나?' 여쭤 봤더니
'아직도 못 먹었노라'며
맛있게 식사하시려는 당신은
오매불망 내 그리운 사람 아니던가.

하지만 웬 날벼락인가.
뚱딴지같은 여자신부가 나타나
이 사람이 성당에 오겠다고 사인했다면서
하얀 종잇장을 들이밀자
텅 빈 길모퉁이에 나만 홀로 남겨놓고
홀홀 뒷모습도 없이 떠나버린
매정한 당신이여.

그리움 · 3

아침저녁으로 불어오는 시원한 바람은
나를 들뜨게 하네.

스산한 바람은 피아노 건반소리에 묻혀서
어김없이 나를 부르고

나는 설거지를 하면서 창밖을 바라보니
수양버들이 한껏 허리 굽힌 채
바람과 속삭이네.

그리움 · 4

바람에 빈 나뭇가지가 울부짖는 날은
가슴이 막혀 숨을 쉴 수가 없네.

처마 밑에 애처로이 매달린
어스름한 외등이 또한 나를 질식케 하네.

눈이 시리도록 창밖을 지켜보지만
그대는 보이지 않고

하얀 눈으로 뒤덮인 아스팔트 위로
가로등의 그림자만 비켜있네.

그리움 · 5

머리카락 한 올 한 올에 묻어있는 그리움을 휘영청 달빛에 감아 보면 하얗게 부서져 내릴까. 초가지붕 위에서 가물가물 피어나는 파란 연기는 이 저녁 누굴 찾아 헤매는가. 토방 끝에 걸터앉아 이 맴도 저 맴도 아니라는 할머니의 멍멍한 가슴앓이는 투박한 손 매듭에서 흘러나온 차디찬 허무인가? 길 찾아 길 떠난 나그네의 천 근만근 발자취가 꽉 막힌 고속도로 한 귀퉁이에 옴짝달싹 못 하고 길게 누워있네.

그리움 · 6

구름 속에서 구름들이 반란하듯
뭉쳐가며 흩어지는
내 마음은 외로워.

그리움 · 7

흙먼지 폴폴 이는
시골길을 걷고 싶다.
어쩌다가 꾀죄죄한 용달차라도 지나가노라면
흙먼지를 다 뒤집어쓰고 마는
코스모스 길을 걷고 싶다.
그곳에 내 유년의 외로움이 자라고
그곳에 내 그리움이 자라고 있으니까.

그리움 · 8

시골 아낙네의 똬리 위에 앉은
물동이 속에서
찰랑찰랑 둥실둥실
뒤뚱뒤뚱 넘실거리면서
흔드는 엉덩이에 장단 맞춰가며
요렇게 조렇게 춤을 춘다.
그리움은 물이 되어.

그리움 · 9

물새바람 불어
영혼과 속삭인다고
날아가는 새를 붙잡을 수 없고,
갈 피리 소리 땜에
남의 애간장이 끊어진다고
갈대 속을 채울 수 없듯이

그리워하는 마음
조개구름 속에 묻어 버릴까.

그리움 · 10

어느 날, 숲속에 우두커니 홀로 서 있는
슬픈 눈의 꽃사슴이 미어져 마냥 미어져
눈 맞추고 싶은 마음 가득 담아 한 발짝 다가서니
제풀에 놀라 황망히 자리 털고 뛰어가는 뒷모습에
허망한 망연함과 쓸쓸한 서글픔이 애처롭게 매달리네.
곱게 진 단풍잎에 난 커다란 구멍처럼.

화장을 하면서

"꽃밭과 여자는 가꿔야 더욱 더 빛을 낸단다."
귓가에 여울져오는 시어머니의 음성.

눈썹 하나하나 정성들여 펴 올리듯
구겨진 마음 또한 한 올 한 올 펴 올릴 때
활짝 편 날개마냥 가벼워진다.

찬찬이
고운 색감 골라 이곳저곳 조화를 이루는
꽃밭처럼 멍들고 찢겨진 미움과 분노, 한스러움도
감사한 마음으로 꽃피울 때
나는 더욱 예쁘게 살고 싶어라.

화장을 하면서 내 마음의 솥에다
생명의 샘물 가득가득 채우며
꽃밭처럼 살고 싶어라.

뒤돌아보니

하늘이 높고 맑은 어느 날,
지나온 길을 뒤돌아보며 문득 깨달았네.
꿈꾸었던 길이 꼭 비단길만은 아니고
단풍잎처럼 고운 것만이 인생이 아니라는 것을.
때론, 한숨을 쥐어짜고 통곡하면서
모든 강물을 받아들이는 바다처럼
쓴맛단맛을 다 받아들였을 때에,
세월은 내게 비로소
빛나는 훈장 하나를 달아 주지요.

무제 · 1

달무리가 아련하여
온통 하늘 바다는 뿌연데
그대 어디에서 답답한 가슴 껴안고
혼자서 투덜거리는가.

인생의 빛깔은
그 어느 것도 아닌데
살아가는 순간순간
손에 잡힌 색깔들이
나를 현혹시키는구나.

무제 · 2

밤은 까만 머리 흩날리며 깊어만 가는데
미처 비켜서지 못하고
구석구석 웅크리고 있던 아쉬움은
빗방울 소리를 싣고서
그림자되어 먼저 온다.

그럴 땐, 지나가는 바람 끝마저도
그리움으로 마음 곁에 머물고,
뜬구름과 함께 하는 그리움은
잡을 수 없기에 더욱 애절하다.

무제 · 3

지나간 감정 뒷자락에
망연히 서서
폴시께 가버린 사람 찾아
붙들고 물어본들
제 사연이나 기억할꼬?
하여, 애잔한 마음 금할 길 없어
바람 한 점 없는 나뭇잎마저도
흔들리누나.

무제 · 4

오랜만에 눈다운 눈이
공기처럼 흩어진다.

저 멀리서 햇빛 한 움큼이
연기 뿜는 구름 사이로
물고기 비늘마냥
반짝이다가 흩어진다.

아득한 넓이와 까마득한 높이에
스며드는 내 마음도
공간과 공간속으로 빈 손되어 흩어진다.

흩어진 마음은 앞 쪽도 뒤쪽도 없이
맨 얼굴로 바람과 숨을 번갈아 쉬어가며
벼랑 끝에 매달려 있다

행여, 흘러내리는 물을
잡을 수 있을 거라고
보지도 만질 수도 없는 세월에
온 몸을 기댄 채 대롱대롱 매달려 있다.

마음의 끝자락

신새벽
맑은 물 뚝뚝 떨어지는 부엌에 들어서면
따뜻한 가슴이 파도처럼 출렁인다.

두루미 유리병에 꽂혀 있는 한 송이 꽃과
불꽃 튀는 연애를 하는 마음은
설레임과 상쾌함과 그리움으로 몸서리친다.

글을 쓴다는 것은 축복이기에
이 시간 수제비 뜨듯,
마음 한쪽을 조금씩 조금씩 떼어내 본다.

살짝 떼어낸 한 조각엔
나는 없고 내 마음만 두둥실 창공 위에 머물다
흘러내린 치마폭에 묻혀
흔들리는 강바람에 뒤돌아보며 달아난다.

다시 떼어 낸 조각들은
똑딱거리는 시계추에 얹혀
같은 생각만 되풀이한다.

똑(사랑)!
딱(미움)!

똑딱
똑딱의 끝은 어디인가?
마음의 끝자락인가?

들뜸

들뜸에
사무치는 그리움의 엄마되고
처절한 그리움의 나되어
소복이 피어 날 때,
마저 들뜸에,
함께 피어오른 아련한 그림자와 손에 손 잡고
천만송이 만만송이 휘날리는 벗꽃길을 가노라면
흩어지듯 한숨으로 꽃잎들은 날아가고
구름도 얼고 안개도 얼은 저 너머엔
구름산과 안개나무가 먹먹한 가슴 뚫고
핏빛 들뜸되어 시렁 위에 누어있네.
빨간 열꽃되어.
타오르는 불꽃되어.

5부

침묵은 눈물이다

아련히 저며오는 가슴 한 구석의 아픔처럼
침묵은 눈물이다.
말갛게 돋아나는 슬픔처럼
방울방울 떨어지는 눈물이다.
내가 내 살을 도려내는 뻘건 생채기 속에서
한숨처럼 모락모락 피어나는 인내의 눈물이다.
한 종지의 눈물이 한 대접으로 넘쳐
강물처럼 출렁일 때,
폭포수같이 쏟아지는 은혜의 눈물되리라.

그저 우는 일뿐이네

거울로만 바라볼 수 있는 세상
마법의 사랑
평화의 니르바나

그 그림자에 기대어
수시로 무시로 무너지는 나는,
그저 우는 일뿐이네.
시름시름 앓기만 하다가
가버린 나의 꿈이
그냥 저냥 보내버린 시간 속에서
처처히 흩어지니 나는,
그저 우는 일뿐이네.

딱 한 번의 그리움을 보고자
목숨마저 던져버린
공주님의 호사로움이
아릿한 구름 속에
몽롱한 산 그림자로 걸려 있으니
나는, 그저 우는 일뿐이네.

불어오는 바람 따라
하얀 꽃송이 나풀대고
생각들이 그림처럼 나부낄 때

임 그리워 밤을 더듬으며
나는, 그저 우는 일뿐이네.

아버지의 눈물

운다.
우리 민현이가 운다.
우리에게 아름다운 천국을 전할 수가 없기에
운다.

운다.
우리 모두가 운다.
볼 수 없고 들을 수 없고 만질 수 없음에
운다.

아버지가 우신다.
당신의 사랑이 무참해서 우신다.
당신의 긍휼히 갈 곳 잃어 우신다.
비가 되어 우신다.

그래, 너랑 나랑
아버지의 안타까운 눈물을 먹으며
주신 사랑과 긍휼과 축복 속에서
보이든 안 보이든
육신에 얽매이지 말고 가슴을 열자.
가슴으로 받자,
아버지의 눈물을.

눈물 · 1

울고 있어요.
갓 피어난 새순보다 더 여리고,
5월의 포플러 잎보다 더 푸르르고,
들국화보다 더 아기자기하게
심성 고운 아가는,
당신 딸밖에 없다고
확신하고 계시는 엄마의 믿음 때문에,
울고 있어요.
보고 싶어요.

눈물 · 2

누군가 살짝 호오하고 불어도
땅끝까지 날아갈 것 같은
텅 빈 허전함.
눈물로 무게 삼아
간신히 제자리에 서 있어요.
가고 싶어요.

눈물 · 3

눈물이 너무 무거워
행여 주질러 앉아 버리면
다시는 일어서지 못할 것 같은
차가움이 내 등을 자꾸 밀어요.
마를 수 있는 따뜻한 곳으로 가라고
보다 더 뜨거운 마음 보여 주세요.
지금 추워요.

눈물 · 4

희생적인 사랑.
헌신적인 사랑.
누가 그런 잔인한 말을 쓰나요.
눈물밖에는 아무도 그런 말을 쓸 수가 없어요.
써서도 안 되죠.
그건 허구니까요.
그건 허구에요.

눈물 · 5

내 눈물은 구름이에요.
빗물되고 강물되고 바다되어
내 사랑으로 돌아오지요.
이렇게 홍건한 사랑으로
내 눈물은 사랑이에요.

눈물 · 6

파란 새벽녘에
파란 창가에 놓여있는
노란 장미는
왕족처럼 어우러지는 색의 화음이
당신의 기품처럼 당당하네요.
당당해요.

눈물 · 7

웃는 모습이 참 곱데요.
예쁜 입술,
하이얀 잇속이 너무 곱데요.
안경 벗고,
가까이 거울 가까이
웃어 보았어요.
방울방울 아롱지며 보이는 모습이
정말 곱네요.
보여주고 싶어요.

눈물 · 8

빨간 점박이 세라믹 돼지가
한쪽 귀를 쫑긋 세우고
고개를 갸웃이 날 보고 있어요.

멍청이 운다는 것이
산다는 것이라는 걸 모르다니…
화내고 있어요.

눈물 · 9

새소리,
바람소리,
새벽의 그림자 흩어지는 소리,
먹구름에 밀려오는 눈물소리,
감히 귀 기울이지 못하니 서러워,
하, 서러워
당신의 가슴 속에 스며들어
애처롭게 떨어지는 한 방울 눈물.

눈물 · 10

하얀 나뭇가지 우짖는
징검다리 밑을 흐르는 눈물의 강
내 한 몸 발끝까지 흘러내려
너인 양 나인 양
내님 있는 곳까지
밀려 밀려서 흘러가다오.

눈물 · 11

주는 것에 만족하리라
주는 것에 기뻐하리라
주기만 함으로써 행복하리라
하리라
하리라
다짐하는 건
정녕 할 수 없다는 것을
애절한 몸부림이 알았을 때
확실하게 떨어지는 한 방울 눈물.

눈물 · 12

매미가 울어요.
대숲 속을 종일 헤매고 있어요.
윙-윙-

신명은 주저앉아 무너지는데
이명은 한시도 가만두지 못해요.

창호지 조각보다
더 말간 그림자되어서
내 눈물방울 위에 비춰 주세요.

호수의 아름다운 유영처럼
곱게 곱게 흔들리고 싶어요.

눈물 · 13

그 사랑 어디 가고
그 마음 어디 가고
그 모습 어디 가고
그 타는 애간장 어디 가고

세월이 앗아갔나
눈물에 씻기웠나

텅 빈 눈물방울 속 같네.
톡 터트리니 번지는 차거움뿐.

눈물 · 14

울어도 울어도
마르지 않는 눈물.
부어도 부어도 마르지 않는
사랑이 되어라.
사랑이 되어라.

눈물 · 15

맘에만 담아 두었던 말
우리는 언제 할 수 있을까.
하릴없이 되풀이해 봐도
정작 들어줘야 할 임은
손 끝 마음 끝 닿을 수 없는
먼 곳에서 오롯이 바라만 볼 뿐
맺히지 못하고 흐르는
눈물줄기 따라
내 맘이 전해질 수 있다면
내 임은 덜 아플까.
아픔보다 더 아픈 눈물이여!

눈물 · 16

바다에 갔습니다.
파도가 밀려오데요.

가슴 가슴에 그리움 한 조각씩 매달고
인산인해처럼 밀려오데요.

그 큰 그리움 감당할 수 없어
하늘되어
잿빛되어
안개되어
온 대지위에 홍건이 녹아내리데요.
눈꼽만한 틈도 없이
볼록렌즈처럼 아롱진 눈물방울 위에.

속울음

외줄 타던 마음 줄이 끊겼나.
글로 연결되지 않고
상념과 상념되어
거센 파도타기 하는 동안
소리 없이 흐르는 눈물로
가슴에 못 박으며
한 밤을 꼬빡 새웠나.

파랗게 물들여진 여명에 이끌려
무심코, "아! 날이 새었네." 라고 말했는데
목소리는 없고 가슴속에 쉿소리만 웅얼거리네.

"어? 이게 웬일?" 믿을 수 없어
"아~ 아~" 발성연습 해보건만
또 다시 쉿소리만 웅얼웅얼
속울음은 이런 아픔이었나?

부러진 뼈가 이음질하는 동안
"뼈를 깎는 아픔"을 글이 아닌 온몸으로 감당하면서
이보다 더한 아픔은 없으리라 단언했건만
속울음은 목소리를 앗아갈 정도로
마음의 뼈를 깎는 또 다른 아픔인가?

이제 보니
마음에도 뼈가 있었구나.
풍우에도 끄떡없고
햇빛에도 녹지 않는 아픔들이
철렁철렁 뛰노는 가슴을 지나
사리마냥 마음속에 몰래몰래 숨겨 놓았구나.

6부 산문

어머니를 생각하며 · 1

"아야, 영국의 귀족집안에서는 여자가 세 살만 되면 예쁘게 기절하는 법을 가르친다는구나. 품위 유지를 위해서 말이야. 나도 옛날에 이걸 알았더라면 네게 가르쳐주었을 걸." 슈우노또모(주부의 생활)를 읽으시면서 아쉬워하시던 어머니 모습이 생각나곤 한다.

결혼하고 자식 낳고 이곳 캐나다까지 와서 살아가는데 부부싸움이 벌어졌다. 부부싸움이라 해도 여느 집안에서 흔히 그러하듯, 그저 소소한 말싸움이었지만 남편이 어느 말끝에 "니가 뭐냐?"고 아주 기분 나빠졌을 때에나 하는 말이 터져 나왔다. 그 순간, 나도 질세라 "그러는 너는 뭐냐!"고 맞받아쳤다. 반사적으로 말을 뱉고 나니 내가 큰 실수를 한 것 같다는 생각이 들었다. 슬그머니 남편의 표정을 보니 이미 싸늘하게 굳어버린 것 같았다. 순간, '큰일 났구나. 이를 어쩌지?' 고민하는데 가슴이 콩당콩당 뛰었다. 그 순간, 어머니가 가르쳐 주지 못했다는 그 '기절'이라는 묘수가 생각났다. 나는 '옛다, 모르겠다.'는 심정으로, 멋진 서양 영화의 한 장면에서 처럼 눈 딱 감고 벌렁 누워버렸다. 그랬더니 남편이 내가 정말로 기절한 줄 알고 소리쳤다. 일하는 젊은 아주머니에게 "언니 큰일 났다. 어서 어서 물 가져와라." 하는 것이 아닌가. 나는 남편의 다급해진 목소리를 듣고 웃음이 나와 참을 수가 없었다. 그래서 그만 웃음보를 터뜨리고 말았다. 이런 나의 어설픈 기절이 가짜라는 것을 확인하는 순간, "이런 ****"이라고 욕을 퍼붓고는 휑하니 나가버리는 것이었다.

사실, 이런 일로 해서 그 민망스럽고 당황스러운 상황에서 벗어났던 적이 있다.

언젠가 농담 삼아 엄마한테 그 얘기를 했더니, 우리 어머니 왈, "얘는, 앞으로 엎어져야지, 왜 뒤로 누워버렸냐?"면서, "다 내 탓이다. 내가 어려서부터 제대로 가르쳐 주었어야 하는데…" 하시는 것이었다. 이렇듯, 무엇이든지 당신 탓으로 돌리시며 나를 열두 폭 치마폭에 감싸기만 하셨던 우리 어머니! 보고 싶어도 볼 수 없으니 이를 어찌하랴.

어머니를 생각하며 · 2

아주 오래 전 일이다.

노랫말처럼 햇빛은 쨍쨍 모래알은 반짝하는 듯한, 그런 상쾌한 오월의 한 낮이었다. 단발머리를 나풀대며 쫄랑쫄랑 따라가는 나에게 보물이라도 찾으신 듯, 어머니는 한 옥타브 올리시며, "아야, 아야, 연숙아, 저 포플라 아파리를 좀 보아라. 바람 부는 대로 반짝이는 것이 기름기가 자르르하구나. 저 연둣빛 이파리를 보아라! 이 세상에 그 어떤 꽃이 이만할까? 너무 좋다잉." 하는 것이었다.

먼지마저 반짝거리는 신작로 위에서 두 눈을 곱게 모아 하염없이 바라보시며, 어머니는 "나는야 세상에서 이 때 피어나는 포플라 이파리가 제일 예쁘더라. 생기와 희망을 주는 것 같지 않니? 가슴이 다 두근거린다." 하시는 것이었다.

이렇듯, 어머니는 삐딱구두를 신고 책을 읽으며 사셨는데 지금 생각하니 당신만의 젊음과 낭만과 멋이 많으셨다. 어쩌면 나는 어머니의 그것을 통째로 삶아 먹고 살아왔다 해도 틀리지 않는다. 솔직히 말해, 그 때는 그 말에 담기고 실린 어머니의 감정이나 느낌이 무언지 알 수 없었고, 그냥 막연하게 '아, 우리 엄마가 저걸

좋아하시는구나.' 했을 뿐이다.

　그런데 어느 때부터인가, 나도 오월의 포플러 잎이 바람에 흔들리며 햇빛 속에서 반짝거리는 모습을 보노라면 어머니의 두근거림만큼이나 그리움이 밀려온다. 참으로 이상한 일이다.

　"어머니, 시장에 갔는데 누구도 우리 호야 예쁘다고 안 해요." 잔뜩 꽃단장시켜서 자랑스럽게 딸내미 데리고 나갔다 실망을 넘어서서 울상 짓는 며느리에게 "얘는, 이런 촌구석에서 우리새끼 알아 볼 세련된 눈이 어디 있겠니? 우리 호야는 세련된 눈으로 보아야 예쁘잖니…." 하시며, 세련된 아이를 낳았다고 오히려 며느리의 자부심을 챙겨 주시는 재치가 있으셨던 분이다.

　오랜만의 친정 나들이에서 동생 댁과 짜고 엄마는 마실 보내 드리고 자질구레한 살림살이 몽땅 버리고 신혼처럼 예쁘게 꾸며 드렸건만 산뜻한 새 살림은 건성으로 보시며 마지못해서 "응. 그래 좋다." 하시면서도 뭔가를 찾느라 두리번거리시며 혼잣말처럼 "그래도 손에 익은 게 좋은데… 아까워라, 아까워라." 하시기에 "엄마, 제발 미련 좀 버리세요." 하며 큰 소리 치는 내 눈치 보시면서도 기어이 쓰레기더미에서 눈을 반짝거리시며 찾아낸 것이 고작 다 닳아빠진 국자였다. "이제 됐다. 가거라." 하시며 애원하듯 바라보시는 눈빛! 막내아들 먼저 보내고 먹어 무엇 하느냐고 시장 한번 안 가시던 무력한 애절함이 귀에 한으로 자리 잡으셨나. 그 뒤, 잘 듣지를 못하셔서 보청기 끼우시라고 사정해도 보청기 해 보았자 사람 말소리보다 찻소리만 더 크게 들려서 머리가 아프시다는 엄마 말씀 무시한 채 우리 편하자고 보청기 안 하시니까 더 못 알아들으신다고 신경질만 냈었는데…. 특히, 전화

할 때는 동문서답이 기본이기에 잘 못 알아들으실 줄 알고 지나가는 말처럼 "엄마, 나 어쩜 사월에 갈 수도 있어." 라고 하면, 이 한 마디는 정확하게 알아들으시고 "응? 사월에 온다고? 며칠에 오는데. 오기 전에 전화해라. 갓김치 담어 놀께. 아야 꼭 와라잉." 이제는 오히려 내가 못 알아듣는 줄 아시는지 당신 말만 되풀이하시는 어머니!

팔십이 훨씬 넘으신 요즘도 신중현의 '미인'을 18번으로 꼽으시고 흥얼대시기에 "어쭈. 엄마 멋져. 왜 이 노래가 좋아?"라고 물으니 "나에게는 너희들이 영원한 '미인'이다"시며, 환하게 웃으시는 예쁜 모습을 어찌 잊으랴.

어머니를 생각하며 · 3

　어느 날 엄마가 내게 "아야, 나 오늘 임영신 동상 앞에 큰절하고 왔다." 하신다.

　내가 "왜?" 하고 물었더니, 엄마가 말하기를, "우리 막둥이가 그 학교에 가지 않았니? 그분이 학교를 세우지 않았더라면 어쩔 뻔했니? 너무나 감사하고 고마워서 큰절 했지. 뭐." 하신다.

　그렇다. 우리 집 막둥이는 엄마의 심장 한 귀퉁이였다. 우리 오형제 중 가장 똑똑하고 너무 잘생긴, 그러나 지나치게 의협심이 강한 아이였다. 우리 막둥이가 초등학교 5학년쯤 됐을 때였다. 엄마가 시장 다녀오시다가, 저 멀리서 얼음과자 파는 꼬마 녀석이 '아이스 케키'하며 소리치는데 "뉘집 아들인지 어쩌면 저렇게 잘생겼나? 안타깝기도하구나." 하시며, '하나 사 줘야지.' 하고 기다리는데, 이걸 어쩌나 가까이 다가오는 걸 보니 어리둥절하게도 당신의 아들 막둥이였다. 너무 놀라 바로 옆에 있는 약국으로 얼른 들어가 "아저씨, 저 아이스케키 장사 좀 잡아주세요." 라고 부탁하자 아저씨가 "헤이, 아이스케키!"하고 불렀다. 부리나케 뛰어오는 놈을 엄마가 재빨리 나가서 붙잡으셨다.

학교에 가있을 시간에 이러고 있으니 기가 차고 기가 막힌 나머지 "너 어떻게 된 거냐?" 라고 물으니 "엄마, 내 친구가 아이스케키를 다 팔아야 학교에 갈 수 있다고 해서 내가 같이 팔아 준거야." 하질 않는 가. 그런 막둥이었다.

그런 우리 집 막둥이는 중고등학교 다닐 때에도 책가방을 들고 다닌 적이 거의 없었다. 옆에서 언제나 그 누군가가 들어 주었기 때문이다. 그 누군가란 소아마비이거나 요즘말로 하면 왕따 당한 아이들이었다. 그들을 대신해 싸우고 또 싸우니 학교에서는 늘 문제아로 낙인이 찍혔고 그들은 막둥이의 책가방을 고마워서 자청해서 들어주었던 것이다.

그런 아들이 퇴학당하지 않게 하기 위해서 아버지는 팔자에 없는 육성회장을 해야만 했다. 그래도 결국 고등학교 때 전학을 가야 했었는데 그때 우리 막둥이의 인간성을 알아주는 고마운 선생님이 계셨다. 우리 어머니한테는 그 분이 평생의 은인이요, 우리 막둥이에겐 크나큰 힘과 희망을 주신 스승이었다. 그 분이 바로 일신상고 '임기춘' 선생님으로 기억하고 있는데 우리 엄마는 돌아가실 때까지도 그분을 은인으로 가슴에 담아 두고 계셨던 것이다.

허나, 막둥이는 41년이란 짧은 삶을 사는 동안 가족들의 가슴을 뭉클하게 했던 수많은 일화를 남겼다. 그런 자식인지라 장례를 치르는 과정에서 더욱 슬펐다. '우리는 과연 그처럼 살 수 있을까?'하는 의구심과 경이로움으로 서로가 서로의 얼굴을 바라볼 뿐이었다.

두 동생들도 나름대로 사회적으로 인정받는 위치에서 살고 있지만

이구동성으로 "나 죽은 다음에도 이렇게 많은 사람들이 진심으로 울어줄 수 있을까?"하며, 새삼 그 삶이 얼마나 감동적이었는가를 체감했다. 실로 등잔 밑이 어둡다더니 그가 밝힌 등불을 모른 채 살아온 자신들을 뉘우치며 가슴을 치며 통곡했다.

보통 부모는 자식을 가슴에 묻는다는데 우리 엄마는 뼈마디마디에 아픔과 회한으로 간직하고 계셨다. 그 누구도 감히 어루만질 수 없는 커다란 성을 쌓고서 말이다. 주님이 찾아 오시기 전까지. 그래도 다행인 것은 엄마의 아름다운 이 고백이 있었기에 비록 우리 곁을 떠났지만 우리와 함께 할 수 있다고 생각한다. 그러니 얼마나 감사한 일인가.

"아야, 연숙아, 민현이가 우리집 예수님이었다! 우리를 전도하러 온." 부처님을 믿어왔던 어머님의 말이었다.

photo Gallery

— 젊은 날의 부모님과 내 어린 시절의 가족사진

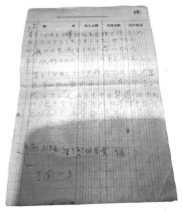

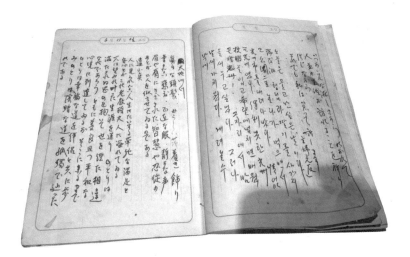

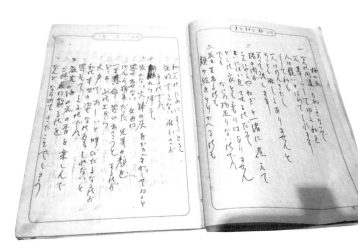

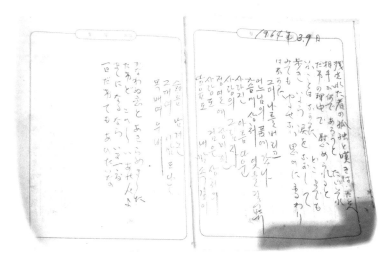

1964年 3.9日

풋냄이의 딸

초판인쇄 2015년 01월 05일 **초판발행** 2015년 01월 10일

지은이 **김연숙**
펴낸이 **이혜숙** 펴낸곳 **신세림출판사**
등록일 1991년 12월 24일 제2-1298호

100-015 서울특별시 중구 충무로5가 19-9 부성B/D 702호
전화 **02-2264-1972** 팩스 02-2264-1973
E-mail : shinselim72@hanmail.net

정가 10,000원

ISBN 978-89-5800-148-5, 03810